Analyse de l'œuvre

Par Flore Beaugendre
et Johanna Biehler

La Princesse des glaces

de Camilla Läckberg

lePetitLittéraire.fr

Rendez-vous sur lepetitlitteraire.fr et découvrez :

Plus de 1200 analyses
Claires et synthétiques
Téléchargeables en 30 secondes
À imprimer chez soi

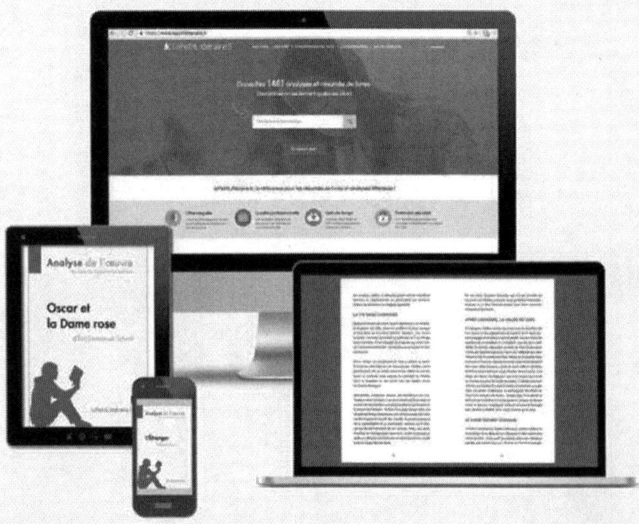

CAMILLA LÄCKBERG

ROMANCIÈRE SUÉDOISE

- **Née en 1974 à Fjällbacka (Suède)**
- **Quelques-unes de ses œuvres :**
  - *Le Prédicateur* (2004), roman
  - *Cyanure* (2009), roman
  - *Le Dompteur de lions* (2014), roman

Camilla Läckberg est une écrivaine suédoise née en 1974 à Fjällbacka, une ville côtière de Suède où elle situe la plupart de ses œuvres. Elle est l'auteure d'une dizaine de romans policiers qui ont tous rencontré un grand succès, tant en Suède qu'à l'étranger. Elle a reçu en 2006 le prix de littérature du peuple suédois et, en France, le grand prix de la littérature policière en 2008 pour son roman *La Princesse des glaces* (2003). Si l'ensemble de ses ouvrages compose une fresque de la vie à Fjällbacka, certains prennent comme personnages centraux des duos récurrents, dont Erica Falck et son compagnon, le commissaire Patrik Hedström. Ses romans policiers se singularisent par l'importance accordée aux relations humaines et à la question de la famille en particulier.

LA PRINCESSE DES GLACES

UN ROMAN POLICIER VENU DU FROID

- **Genre :** roman policier
- **Édition de référence :** *La Princesse des glaces*, Arles, Actes Sud, coll. « Actes », 2008, 384 p.
- **1re édition :** 2003
- **Thématiques :** suicide, pédophilie, Scandinavie, meurtre, hypocrisie, secret, scandale

Le roman *La Princesse des glaces*, paru en 2003 en Suède puis en 2008 en France, est le premier volume d'une saga constituée de cinq œuvres qui relate les aventures d'Erica Falck et de Patrik Hedström.

Le roman débute avec la découverte du corps d'Alexandra Wijkner, les veines tailladées dans sa baignoire gelée. Erica, son amie d'enfance, mène l'enquête accompagnée de Patrik afin de démasquer l'assassin et enfin percer le mystère qui entourait la jeune femme depuis son enfance et son brusque départ de Fjällbacka.

RÉSUMÉ

Écrivaine résidant à Stockholm, Erica Falck revient à Fjällbacka, sa ville natale, pour s'occuper des affaires de ses parents, récemment décédés dans un accident de voiture. À son grand désarroi, elle apprend que sa sœur et son beau-frère, Anna et Lucas, veulent vendre la maison familiale.

LA MORT D'ALEXANDRA WIJKNER

Lorsqu'Erica décide de rendre visite à son amie d'enfance, Alexandra Wijkner, personne ne vient lui ouvrir la porte. En sort le factotum Eilert Berg qui, venu vérifier si la maison était en ordre, est tombé sur le cadavre de la jeune femme. En pénétrant dans la maison étrangement glaciale, Erica découvre en effet le corps sans vie d'Alexandra dans la baignoire, les veines tailladées.

Birgit et Karl-Erik Carlgren, les parents d'Alex, refusent de croire au suicide de leur fille. Afin de recueillir des infor-mations sur son amie, Erica se rend chez Henrik Wijkner, le mari de la défunte avec qui il formait un couple assez libre : malgré son calme apparent, cet homme dissimule une vive douleur. Il l'envoie à la galerie d'art abstrait qu'Alexandra tenait avec une amie, Francine Bijoux. Celle-ci apprend à Erica qu'Alex entretenait une liaison adultère. Cette dernière était enceinte de son amant et heureuse de l'être : Francine est dès lors persuadée que son amie n'a pas pu se suicider. Bertil Mellberg, le pompeux et paresseux commis-saire de Tanumshede (une ville voisine), est lui aussi informé qu'Alexandra Wijkner était enceinte de trois mois. L'autopsie révèle des traces de somnifères, ce qui écarte définitivement l'hypothèse du suicide et avance celle du meurtre. Désireuse de se changer les idées, Erica passe la soirée chez son ami et premier amour, Dan, désormais marié à Pernilla.

LA DISPARITION INEXPLIQUÉE DE NILS LORENTZ

Pendant ce temps, Anders Nilsson, un peintre alcoolique réduit à l'état d'épave, ressasse des pensées douloureuses. Lorsque Vera, sa mère, lui apprend qu'Alexandra a été assassinée, il est visiblement sous le choc. Il décide d'appeler un mystérieux interlocuteur, Jan Lorentz, le fils de l'employeuse de sa mère. En réalité, Anders est lié à Alex et à Jan Lorentz par un lourd secret dont on ignore encore tout.

Au cours d'une promenade, Erica rencontre Patrik Hedström, un ami d'enfance qui a longtemps été amoureux d'elle et qui est désormais l'un des policiers chargés de l'enquête. Il invite Erica à un diner de retrouvailles.

Entretemps et en quête d'indices, la jeune femme décide de se rendre en pleine nuit dans la maison d'Alexandra. Alors qu'elle fouille la chambre de la défunte, un homme s'introduit dans la maison : Erica enfouit un article de journal datant des années 1970 dans sa poche avant de se cacher. Dissimulée dans le placard, elle s'aperçoit que le visiteur, dont elle ignore l'identité, emporte un recueil de poésie.

Au cours du diner de retrouvailles, elle confie à Patrik l'article trouvé chez Alexandra : il relate la disparition inexpliquée, en 1977, de Nils Lorentz, le fils de Nelly Lorentz, une riche notable et l'employeuse de la moitié de Fjällbacka. À priori, Alex n'avait aucun lien avec ce Nils Lorentz. Mais très vite, les deux amis laissent l'enquête de côté pour se raconter leurs vies respectives.

Lors de la réception qui suit l'enterrement d'Alexandra, l'austère sœur cadette de la défunte, Julia Carlgren, se tient à l'écart. À la surprise générale, Nelly Lorentz (qui vit recluse et ne semble pas connaitre la défunte) fait irruption et entre bientôt en grande conversation avec Julia. Les deux femmes ont donc un lien. Afin de comprendre lequel, Erica rend visite à Nelly Lorentz, mais la vieille dame ne laisse rien échapper, si ce n'est qu'elle éprouvait une haine farouche envers Alexandra. Lors de sa visite, Erica croise également Jan Lorentz, le fils adoptif de Nelly, qui ne semble pas inspirer beaucoup d'amour à sa mère.

L'ARRESTATION D'ANDERS NILSSON

Peu après, l'agent immobilier chargé d'estimer la valeur de la maison des parents d'Erica arrive, accompagné de Lucas. Le beau-frère d'Erica en vient à brutaliser et à menacer la jeune femme, peu enthousiaste à l'idée de vendre.

De son côté, Patrik poursuit son enquête. Intrigué par l'article dont lui a parlé Erica, il se renseigne sur la famille Lorentz et la disparition inexpliquée du fils de la famille. À sa grande surprise, Mellberg lui annonce alors qu'il tient l'assassin d'Alex : selon lui, il s'agit d'Anders Nilsson. En effet, le témoignage accablant de Nelly, son alcoolisme ainsi que la présence de tableaux représentant Alex nue et de lettres d'amour adressées à la jeune femme à son domicile en font un coupable idéal. Mais c'est surtout la paresse de Mellberg qui l'accable. En ne cherchant pas plus loin, le commissaire s'arrête à ce qui semble pour lui une évidence : un homme alcoolique et drogué développe forcément des perversions, telles qu'une obsession pour quelqu'un qui peut le pousser à commettre l'irréparable. Mais Patrik ne peut se défaire de l'impression que quelque chose ne va pas dans cette arrestation et décide de poursuivre son enquête. Il interroge à plusieurs reprises la vieille dame qui a vu Anders Nilsson entrer chez Alexandra Wijkner le jour du meurtre afin d'approfondir les éléments de l'enquête.

Soumis à un interrogatoire, Anders nie avoir tué Alex. Il avoue avoir entretenu une liaison avec elle, mais affirme qu'il ne peut être le père de l'enfant qu'elle portait, leurs rapports charnels ayant pris fin avant la conception de l'enfant. On apprend bientôt qu'il dispose d'un alibi : une voisine d'Anders affirme l'avoir vu rentrer chez lui à l'heure du meurtre, alors qu'elle regardait son émission favorite. Il est aussitôt libéré.

Erica se rend au port où Dan travaille comme pêcheur et lui raconte son excursion nocturne dans la maison d'Alexandra. Pernilla les surprend et semble furieuse : comme l'apprendra Erica par la suite, elle a de bonnes raisons de douter de la fidélité de son conjoint.

L'HÉRITIÈRE DE NELLY LORENTZ

Nelly Lorentz rend visite à Vera Nilsson afin de la convaincre de continuer à garder un lourd secret. Or, lorsque la riche propriétaire tente de la soudoyer, son hôte la jette dehors.

À la recherche d'indices chez Alexandra, Erica et Patrik comprennent que le jour du meurtre, le coupable lui a rendu visite à l'improviste et lui a administré un somnifère avant de la tuer, comme l'autopsie l'a révélé. Erica parvient également à découvrir que le dernier numéro qu'Alex a composé avant de mourir est celui de Dan. Le fait qu'Alex était en possession d'un recueil de poésie du poète préféré du pêcheur finit de conforter la jeune femme dans l'idée que ses deux amis étaient liés. Effondré, le jeune homme lui avoue tout : il était l'amant d'Alex et le père de son enfant. Erica lui conseille de tout dire à Pernilla et à la police.

À sa grande surprise, Erica reçoit la visite de Julia. Cette dernière demande à voir des photos d'Alexandra jeune et cherche à en apprendre davantage sur cette dernière. Erica découvre que la jeune sœur d'Alex est en fait la seule héritière de Nelly Lorentz, sans réellement en comprendre la raison.

Erica et Patrik passent la soirée ensemble et succombent bientôt à leur attirance mutuelle. Le lendemain matin, Patrik réalise brutalement que la voisine d'Anders s'est trompée de jour en disant l'avoir vu rentrer : l'émission qu'elle disait regarder n'était pas diffusée le jour du meurtre. Au même moment, un ami d'Anders trouve ce dernier pendu à son domicile. Sur les lieux, Patrik s'aperçoit que le peintre a lacéré tous ses tableaux avant de mourir. Devant l'absence de support pour atteindre la corde, la police conclut à un meurtre.

DE TERRIBLES RÉVÉLATIONS

Patrik s'aperçoit qu'Anders appelait régulièrement un numéro, celui de Jan. Lorsqu'il l'interroge, celui-ci nie pourtant avoir été en contact avec le peintre. Le policier interroge alors l'assistante sociale en charge de l'adoption de Jan, orphelin à la suite d'un incendie qui a couté la vie à ses parents : elle reconnait avoir envisagé que Jan, délaissé par ses parents, ait été à l'origine de l'incendie avant d'être adopté par les Lorentz. Lorsqu'il retourne chez Anders Nilsson, Patrik découvre sur un bloc-notes les marques laissées par l'écriture d'une lettre, sans la retrouver sur les lieux.

Quand Lucas frappe une fois de plus Anna et casse également le bras de leur fille, cette dernière se réfugie chez sa sœur avec ses enfants et lui annonce qu'elle quitte son mari.

Erica apprend que le disparu, Nils Lorentz, était un professeur d'Alex à l'époque de sa disparition. Patrik entreprend d'interroger les parents d'Alexandra qui, enfin, lui confient qu'ils ont éloigné Alexandra de Fjällbacka car celle-ci, violée par Nils Lorentz alors qu'elle était encore une enfant, était tombée enceinte et attendait une fille : Julia. Leur silence a été acheté par Nelly Lorentz, la mère de Nils. Anders était également victime de ces abus sexuels : Vera, elle aussi, a voulu protéger son fils en se taisant.

Patrik parvient à déchiffrer la lettre trouvée chez le défunt peintre : il s'agit d'une lettre d'adieu. Le jeune policier se rend alors chez Vera, comprenant que celle-ci, pour éviter les ragots, a maquillé le suicide de son fils en meurtre, ce qui lui semble plus noble. Lorsqu'il lui révèle qu'Alex était

enceinte, Vera craque et avoue avoir tué la jeune femme :
celle-ci désirant divulguer les atrocités du passé, elle voulait
épargner cette épreuve à son fils. Patrik donne rendez-vous
à Jan Lorentz afin de connaitre la vérité sur la disparition
de son frère Nils. Celui-ci finit par lui révéler que lui aussi
était abusé par Nils. Alexandra, Anders et lui se sont vengés
et ont noyé leur bourreau dans un lac glacé à la fin des
années 1970.

ÉTUDE DES PERSONNAGES

ERICA FALCK

Erica Falck est le personnage central du roman. Cette écrivaine de 35 ans est une biographe reconnue. Elle n'a jamais été mariée et réside à Stockholm. Elle fait un séjour à Fjällbacka, sa ville natale, afin de mettre de l'ordre dans les affaires de ses parents récemment décédés.

Cette jeune femme est une grande blonde séduisante. Elle a toujours souffert de la froideur de sa mère à son égard, quelque peu compensée par l'affection de son père. Elle a voulu épargner cette peine à sa sœur Anna, sa cadette de cinq ans, en la surprotégeant. Alexandra Wijkner, qui a été sa meilleure amie tout au long de son enfance, s'est soudainement éloignée d'elle sans donner d'explications : Erica n'a jamais totalement oublié son brusque départ qui l'a profondément touchée. Erica est curieuse et obstinée, traits de caractère qu'on peut attendre d'un écrivain et qui la pousseront à vouloir connaitre la vérité sur le sort réservé à son amie. Elle est très attachée aux souvenirs autant qu'à la maison familiale et fait preuve d'une grande loyauté, notamment envers sa sœur.

L'héroïne de *La Princesse des glaces* semble afficher des liens de parenté avec d'autres figures littéraires : son célibat et sa crainte de ne pas rencontrer l'homme qui lui convient lui font revendiquer une certaine proximité avec Bridget Jones (1996), le personnage d'Helen Fielding (femme de lettres britannique, née en 1958), par leur malchance commune avec les hommes et leur obsession pour la minceur (Erica étant une adepte du régime *Weight Watchers*), tandis que sa tendance à s'intéresser à tout et à chercher des indices n'est pas sans rappeler le personnage créé par Agatha Christie (femme de lettres britannique, 1890-1976), la maligne et curieuse Miss Marple.

PATRIK HEDSTRÖM

Comme Erica, Patrik Hedström a grandi à Fjällbacka. Cet homme d'environ 35 ans est devenu policier et a épousé Karin qui finira par le quitter pour un autre homme. Dès lors, il vit dans une relative solitude. La réapparition de son amie d'enfance ranime ses vieux sentiments à son égard. Il se définit progressivement dans le roman à la fois en tant qu'enquêteur et en tant que partenaire amoureux d'Erica.

C'est un personnage moteur dans l'intrigue et dans l'enquête. Il est l'exact opposé de Bertil Mellberg : c'est un jeune policier idéaliste et ingénieux quand son supérieur est un homme paresseux et prétentieux. Il déploie beaucoup d'énergie et consacre du temps pour résoudre l'enquête afin de découvrir la vérité. Quant à son ingéniosité, elle transparait dans son décryptage de la lettre d'Anders, lorsqu'il passe outre les contraintes administratives en discutant directement avec un ami médecin légiste et qu'il parvient, à partir du bloc-notes, à découvrir le contenu de cette lettre. Ainsi, Patrik est aussi travailleur que sympathique : il est formidablement curieux, doté d'une grande intuition et de compassion. Ces qualités font de lui un très bon enquêteur : il cherche à aller au-delà des évidences et se montre très agréable envers les témoins, qui se confient dès lors plus facilement à lui. Il est un personnage résolument positif et attachant.

ALEXANDRA WIJKNER

Alexandra Carlgren a grandi à Fjällbacka avec Erica. Elles ont entretenu une belle amitié jusqu'au brusque départ d'Alexandra. En effet, à l'âge de 12 ans, la jeune fille est violée par Nils Lorentz et tombe enceinte. Ses parents décident alors de l'éloigner pour qu'elle donne naissance à Julia, ensuite présentée aux yeux du monde comme sa sœur. Alex épouse Henri Wijkner des années plus tard. Elle est blonde et d'une grande beauté, en opposition avec sa fille Julia, brune et décrite comme laide.

Alexandra est « la princesse des glaces ». C'est un personnage important dans le roman car elle est au centre du mystère : c'est sa mort brutale qui invite les protagonistes à revisiter le passé et à tenter de percer les secrets de son existence. Absente du récit, on ne peut l'appréhender qu'à travers le prisme des autres personnages.

ANDERS NILSSON

Anders Nilsson est le fils de Vera et d'un pêcheur décédé avant sa naissance. Il a grandi à Fjällbacka, en même temps qu'Alexandra. L'enfant mène une existence paisible jusqu'à ce qu'il soit lui aussi victime de Nils Lorentz. Cette expérience le rapproche d'Alex. Tous deux se vengent de leur bourreau, mais restent profondément traumatisés par l'agression et le silence qu'on leur a imposé. Suite à cet épisode, Anders sombre progressivement dans l'alcoolisme, au grand désespoir de sa mère. Après la mort de son amie d'enfance devenue son amante épisodique, il choisit le suicide.

Anders Nilsson est connu dans le village comme un alcoolique réduit à l'état d'épave. Son existence est rongée par son douloureux passé. Seule sa peinture révèle son talent : il peint des œuvres magnifiques et lumineuses dans lesquelles il exprime sa conception de la beauté du monde.

VERA NILSSON

Vera est la mère d'Anders qu'elle a élevé seule. Elle est la femme de ménage de la famille Lorentz depuis de longues années et nourrit une haine farouche envers Nelly Lorentz « au-delà du raisonnable » car elle connait la vérité sur son lourd passé (p. 128). C'est une femme travailleuse qu'une vie de dur labeur et de nombreux soucis ont usée avant l'âge. Son portrait la décrit comme une femme pratique qui n'a ni l'énergie ni les ressources pour s'accorder un petit plaisir à l'occasion : elle n'accorde aucune importance à ses vêtements (qui sont toujours de la même couleur) et se coupe elle-même les cheveux.

Vera est entièrement dévouée à son fils, ce qui la pousse à commettre des actes irréparables au nom de la bienséance et du qu'en-dira-t-on. Elle appartient à une génération qui préfère taire et cacher certains évènements à tout prix plutôt que de révéler certains secrets, ce qui pourrait pourtant soulager les victimes. À la mort de son fils, elle est anéantie d'apprendre qu'Alex était enceinte, ce qui la fait vieillir de plusieurs années en à peine quelques heures.

NELLY LORENTZ

Nelly est la veuve de Fabian Lorentz dont la conserverie est le plus grand employeur de la ville. Elle a hérité de la fortune de son mari à la mort de ce dernier. Leur rencontre reste mystérieuse : Nelly aurait été danseuse dans un corps de ballet selon les rumeurs alors que la version officielle des faits, que la vieille femme cherche à imposer, la présente comme la fille d'un consul de Stockholm. Toutefois, Vera laisse entendre que ses origines sont nettement moins prestigieuses. Si son mari est apprécié, elle est considérée quant à elle comme « hautaine et froide » (p. 92).

Comme son employée, Nelly est prête à tout pour maintenir sa réputation et celle de son fils adoré Nils, quitte à mentir et à acheter le silence des victimes et de leurs proches sans scrupules. En effet, elle sait depuis toujours qu'elle est la grand-mère de Julia et n'ignore rien des agissements de son fils.

JAN LORENTZ

Après le décès de ses parents dans un incendie qu'il a lui-même provoqué, Jan est placé par les services sociaux dans la famille Lorentz. Il devient ainsi une victime toute désignée pour Nils et se rapproche d'Alexandra et d'Anders.

Après la disparition de son frère adoptif, il se comporte en fils modèle. Il fait prospérer l'entreprise familiale et croit devenir l'héritier tout désigné de la fortune de Nelly. Or il ignore que celle-ci a prévu de faire de sa petite-fille biologique son unique héritière.

CLÉS DE LECTURE

LA MAITRISE DES RÈGLES CLASSIQUES DU ROMAN POLICIER

Le succès de *La Princesse des glaces* tient certainement en partie à sa maitrise des codes du roman policier. Le genre du roman policier est né au XIXe siècle en réaction aux peurs engendrées par la révolution industrielle et à l'augmentation de la criminalité dans les villes : ce genre devient dès lors un exutoire pour la population. Certains critiques considèrent qu'Edgar Allan Poe (écrivain américain, 1809-1849) est le premier auteur du genre avec sa nouvelle *Double assassinat dans la rue Morgue* (1841), mais c'est certainement Arthur Conan Doyle (romancier britannique, 1859-1930) et son personnage Sherlock Holmes qui ont posé les bases du roman policier. L'auteure parvient en effet à réunir tous les ingrédients traditionnels qui ont fait le succès de ce genre :

- **la structure narrative de l'œuvre.** Le récit s'ouvre sur la découverte d'un corps, qui devient le déclencheur de l'intrigue. Le roman relate dès lors l'enquête qui est réalisée afin de mener le lecteur à la découverte de l'assassin et de son mobile. La recherche est jalonnée d'obstacles et de retournements de situation afin de ménager le suspense. Il est courant qu'une seconde mort survienne avant l'aboutissement, celle d'Anders Nilsson en l'occurrence. L'auteure utilise également un second procédé classique qui consiste à différer la révélation au lecteur d'une information découverte par les enquêteurs. On n'apprend ainsi que tardivement le nom de l'assassin présumé arrêté par le commissaire Mellberg : « Je le tiens ! Je tiens l'assassin d'Alexandra Wijkner ! [...] Patrik soupira intérieurement et se prépara à une longue attente. » (p. 121) Cette attente renforce le suspense ainsi que l'intérêt du lecteur, qui est quelque peu tenu à l'écart et doit attendre la révélation finale pour que les éléments de l'enquête prennent tout leur sens ;

- **les personnages stéréotypés et caractéristiques du roman policier.** Parmi eux se trouve la victime (Alexandra Wijkner), morte avant le début de l'œuvre mais qui dissimule de nombreux secrets. Les policiers chargés d'enquêter sur le meurtre sont tout autant représentatifs du genre : l'un est un fonctionnaire borné aux manières brutales (Bertil Mellberg), l'autre est un jeune idéaliste dynamique (Patrik Hedström). Ils sont aidés par les initiatives d'un adjuvant (Erica Falck) : un personnage qui n'est pas officiellement chargé de l'enquête mais qui parvient à apporter des éléments nouveaux. On note aussi la présence du faux coupable, celui qui fait figure de coupable idéal (Anders Nillson), et enfin l'apparition de l'assassin inattendu, un personnage qui semblait à priori inoffensif et insoupçonnable (Vera Nilsson) ;
- **l'entrelacement des intrigues.** La première d'entre elles est bien entendu l'intrigue policière. Autour de cette trame fondatrice gravitent d'autres histoires secondaires :
  - une intrigue sentimentale : Erica et Patrik succombent à un amour inévitable ;
  - une intrigue familiale : Erica ressasse ses relations conflictuelles avec sa mère et tente d'aider sa sœur Anna, victime de maltraitance conjugale.

Cette accumulation d'intrigues a pour but de conserver l'attention du lecteur et de varier son intérêt en opérant une pause dans l'enquête.

LE POLAR SCANDINAVE

Les spécificités du genre

La littérature scandinave, depuis *Millenium* (série publiée en Suède de 2005 à 2007) de Stieg Larsson (journaliste et écrivain suédois, 1954-2004), a connu un grand succès, bien qu'elle reprenne les codes traditionnels d'un genre déjà connu du public, le genre policier. Les professionnels de la littérature, à l'instar des critiques et des libraires, s'interrogent sur les raisons d'un tel engouement : l'une des raisons invoquées serait le contraste créé entre la douceur de vivre des pays scandinaves (tels que la Suède ou le Danemark) où le taux de criminalité est particulièrement bas et la sauvagerie et la noirceur des meurtres mis en scène. Ainsi ces romans diffèrent-ils des romans policiers américains, aux histoires bien souvent situées dans un contexte urbain et tournées vers les courses poursuites et les armes, par leur évocation d'un mode de vie différent, souvent perçu par le lecteur comme plus sain et en harmonie avec la nature.

Pour Hans H. Skei (professeur de littérature comparée), la littérature scandinave offre aux lecteurs un délicat mélange entre un certain exotisme et des éléments du quotidien. C'est en effet « [ce] réalisme et [la] prise de conscience des phénomènes sociaux, qui viennent s'ajouter aux descriptions des paysages et des modes de vie », qui créent cette ambiance si particulière (« Le roman policier norvégien dans le contexte scandinave hier et aujourd'hui », in *Études germaniques*, n° 260, 2010/4, p. 723).

Le *femikrimi*

Camilla Läckberg s'inscrit dans un courant du polar scandinave qui s'affirme de plus en plus depuis les années 1990 : le *femikrimi*. Ce mouvement se caractérise par des romans policiers écrits par des femmes qui comportent, « outre une intrigue policière, une peinture critique de la situation des femmes dans la société » (WOPENKA J., « La littérature policière suédoise moderne : policiers, femmes et étude sociale », in *Études germaniques, op. cit.*, p. 748). Cette tendance se caractérise par des enquêtes menées par des personnages féminins, une dénonciation des violences faites aux femmes, une attention particulière aux détails, etc. Certains de ces romans sont même considérés comme des textes féministes : Régis Boyer (spécialiste des littératures et civilisation scandinaves, né en 1932) évoque plusieurs thèmes récurrents comme l'« égalitarisme total entre les sexes, [la] substitution des rôles paternel et maternel dans tous les domaines où est concerné l'enfant, [ainsi que la] volonté, qui ne va pas sans acharnement, de faire tomber toutes les barrières subsistantes (en matière d'emploi ou de salaire, par exemple) » (*Histoire des littératures scandinaves*, Paris, Fayard, 1996, p. 465). Plus récemment, les auteures se sont aussi intéressées à la dénonciation du trafic d'êtres humains (principalement la prostitution) et aux violences domestiques. Cette seconde thématique est présente dans le roman de Camilla Läckberg à travers la situation d'Anna, la sœur d'Erica.

Faut-il en déduire que les auteurs n'écrivent que pour un lectorat féminin en ne leur proposant que des histoires de femmes, sous-entendu des textes légers de type *chick lit* (œuvre légère et humoristique destinée à distraire son lectorat, à l'instar du *Journal de Bridget Jones*) ? Certainement pas, car la littérature suédoise est avant tout une littérature engagée, peu importe le sexe de l'auteur :

> « La littérature suédoise est résolument critique, à commencer en général à l'égard d'elle-même et de la société qui lui donne jour. Tous les auteurs tiennent à dénoncer les injustices, les inégalités et, surtout, les aberrations ou contradictions qui peuvent apparaître sur le sol suédois en dépit des idéaux d'équité sociale vivement exprimés ici ou là depuis des décennies. » (MARICOURT T., *Voyage dans les lettres suédoises*, Nantes, L'Élan, 2007, p. 117)

Ainsi *La Princesse des glaces* dénonce-t-il l'hypocrisie sociale (cette attention au « qu'en-dira-t-on » et aux apparences dont Vera fait particulièrement preuve, au détriment de son fils), les abus sexuels (dont Alexandra, Anders et Jan sont victimes) et la soumission de la femme ainsi que les violences dont elle est victime à travers Anna.

L'IMPORTANCE ACCORDÉE AUX PERSONNAGES

Le roman de Camilla Läckberg met en scène une multitude de personnages, tout aussi bien centraux que secondaires. Chacun d'entre eux tient un rôle précis dans l'intrigue et permet de la faire progresser. Le personnage de Dan, par exemple, se révèle être d'une importance bien plus grande pour l'enquête que ce que le lecteur pouvait attendre : s'il est tout d'abord présenté comme un vieil ami d'Erica, Dan est bien plus proche de l'enquête par son statut d'amant de la victime. Il en va de même pour Vera Nilsson : de vieille femme éplorée par la mort de son fils, elle devient l'assassin de la victime. D'autres, tels qu'Henri Wijkner ou Francine Bijoux, aident à cerner la mystérieuse Alexandra Wijkner. Ainsi, les personnages secondaires sont essentiels dans *La Princesse des glaces* car ils apportent des indices et font avancer l'enquête. L'auteure illustre ce procédé à travers le personnage d'Eilert Berg. Ce vieil homme, malheureux en ménage, ouvre le récit (par la découverte du corps d'Alexandra) et le clôt lorsqu'il parvient à s'échapper de son quotidien lorsqu'il quitte sa femme pour l'Espagne, alors qu'il est quasi absent du reste du roman : « Un instant, il pensa à [sa femme] restée en Suède. Puis il écarta cette pensée désagréable, ferma les yeux et se laissa aller à une sieste bien méritée. » (p. 382) Cette présence cyclique montre bien l'attachement de l'auteure aux personnages secondaires et prend la forme d'un clin d'œil au lecteur.

Camilla Läckberg s'attache à dresser des portraits psychologiques complexes et cohérents de ses personnages, ce qui est rarement le cas dans le roman policier. Citons pour exemple le quatuor majeur de l'intrigue. Il s'agit de quatre jeunes gens du même âge qui se connaissent depuis l'enfance : Erica, Patrik, Anders et Alexandra. Leur passé commun joue un rôle essentiel puisqu'il recèle de nombreux mystères et non-dits à l'origine du crime fondateur du roman : mettre en lumière des éléments de l'enfance de ces personnages ou de leurs relations avec leur famille est un acte singulier dans le genre policier. L'alternance des points de vue en focalisation interne permet une plongée dans leurs pensées et leur passé : « [Vera] était fatiguée. [...] Fatiguée de sa morne existence. [...] Fatiguée de porter la faute qui pesait sur elle à longueur de journée. » (p. 128) Le lecteur passe ainsi à chaque changement de paragraphe dans la peau d'un nouveau personnage et se familiarise avec sa personnalité et sa conception des choses de façon approfondie.

La plupart du temps, la focalisation se fait sur Erica ou Patrik, le duo actanciel du roman. Ces deux personnages se détachent progressivement des autres en tant que couple et équipe : leur collaboration permet une avancée de l'enquête et de l'intrigue plus généralement. Leur caractère, leur passé ainsi que leur personnalité sont abondamment décrits : il s'agit pour Camilla Läckberg de former un tandem attachant dans la lignée des Tommy et Tuppence Beresford d'Agatha Christie (un couple de détectives), ou plus récemment du couple Mikael Blomkvist et Lisbeth Salander imaginé par Stieg Larsson (Mikael est journaliste et mène une enquête aidé par la spécialiste du piratage informatique Lisbeth).

UN ROMAN VENU DU FROID

Dans *La Princesse des glaces*, l'auteure accorde une grande importance à l'évocation du froid, sous toutes ses formes et à travers de nombreux accessoires qui vont parfois contribuer à l'enquête.

Les personnages luttent en permanence pour se réchauffer et ne cessent de réfléchir à leur façon de s'habiller pour en souffrir le moins possible. Pour l'enterrement d'Anders par exemple, « Patrick s'était habillé aussi chaudement que possible, mais cela ne suffisait pas face à ce froid impitoyable, et il grelota devant la tombe tandis qu'on faisait lentement descendre le cercueil » (p. 360). Le fait d'avoir un chauffage en état de marche semble extrêmement important pour les habitants, particulièrement pour Alexandra, qui fait vérifier la chaudière de sa maison de Fjällbacka toutes les semaines (ce qui amènera à la découverte de son corps notamment). Les entretiens que doit mener la police avec les différents témoins et présumés coupables sont toujours tenus autour d'un café pour se réchauffer. Les multiples trajets pour aller à leur rencontre, parfois très éloignés les uns des autres (la Suède est un pays où la densité de population est très faible), sont une occasion pour Camilla Läckberg d'évoquer le paysage suédois, la neige et la difficulté de rouler sur des routes verglacées. Le titre même du roman évoque le froid et l'eau : la première victime est trouvée dans sa baignoire, en plein hiver, dans une maison vide de vie tandis que Nils est précipité dans une eau glacée. Pour la description du corps d'Alexandra, qui est le point de départ des deux enquêtes parallèles (connaitre son assassin ainsi que découvrir la vérité sur Nils Lorentz), l'auteure a aussi recours au champ lexical de l'hiver :

> « Les yeux du cadavre étaient fermés, acte charitable, mais les lèvres scintillaient d'un bleu vif. Une fine croute de glace couvrait le torse et dissimulait entièrement le bas du corps. [...] Les genoux aussi émergeaient de la surface gelée. Les longs cheveux blonds d'Alex étaient répandus tels un éventail à la tête de la baignoire, mais ils avaient l'air friable et gelé. » (p. 15-16)

Camilla Läckberg dépeint la scène de façon très visuelle, presque cinématographique. Le lecteur est saisi à la fois par la beauté esthétique de la scène mais aussi par son aspect macabre, tout comme le personnage principal qui frissonne à cause du froid et de l'aspect lugubre de cette vision. Par tous ces détails glaçants, l'auteure ancre profondément son récit dans le cadre rural suédois et plonge son lectorat dans une atmosphère aussi glaciale qu'oppressante.

LA PEINTURE D'UNE PETITE VILLE SUÉDOISE

L'intrigue de *La Princesse des glaces* se déroule dans une petite ville côtière, principalement constituée de pêcheurs. Le choix d'une communauté réduite permet une immersion dans le quotidien et l'intimité des personnages. Ils se connaissent tous de longue date et les personnages principaux ont grandi ensemble : cette familiarité est l'occasion de commérages et de rumeurs. Cette proximité est d'ailleurs à l'origine du meurtre : il est commis afin d'éviter l'inévitable prolifération d'un scandale.

Hormis l'histoire secondaire d'Anna et de son mari, toute l'intrigue se déroule au cœur d'un village, froid et isolé du reste du monde. Le lecteur se trouve plongé dans un véritable huis clos étouffant. Les évènements sont tous liés à l'histoire de la petite bourgade et de ses habitants : rien ne semble sortir de Fjällbacka.

À plusieurs reprises, la calme petite ville est opposée aux grandes agglomérations, Göteborg ou Stockholm, afin de souligner sa tranquillité et son charme. Le commissaire Mellberg y est d'ailleurs envoyé en guise de rétrogradation à la suite d'une bavure. Mais la routine y est troublée et le roman révèle progressivement que, malgré les apparences, la réalité y est tout aussi violente que dans la capitale. L'ambiance pesante et angoissante qui règne alors est tout à fait conforme aux exigences du roman policier. La communauté est chargée de non-dits et de ressentiments, exprimés à tour de rôle par plusieurs personnages et qui émergent progressivement au fil de l'enquête :

> « Nelly mit vivement la main devant sa bouche. Non seulement elle semblait avoir oublié un instant qu'elle parlait d'une morte, mais une fraction de seconde elle avait laissé apparaitre une fissure dans sa façade. Ce qu'Erica avait vu là était de la haine pure. » (p. 103)

Fjällbacka est le théâtre d'évènements sordides : un meurtre déguisé en suicide y est commis et un suicide déguisé en meurtre lui succède bientôt tandis que des viols ont été perpétrés vingt ans auparavant et étouffés à la première occasion. Le récit offre une peinture des mœurs assez sombre : on y trouve des mensonges, des conflits familiaux, des adultères, etc. À ce noir tableau s'ajoutent les problèmes classiques de la société :la solitude, les difficultés financières (avec Vera), l'alcoolisme (Anders), etc. La petite ville n'est en rien épargnée. Fjällbacka condense en son sein tous les problèmes qu'une ville peut rencontrer tout en les extrapolant. En effet, la dimension réduite de la ville intensifie les maux de la société : les commérages et les « on-dit » prennent des dimensions excessives et se révèlent bien plus oppressants pour les habitants de la petite bourgade. L'auteure en profite pour dénoncer cette situation qui sclérose la société : si la population avait mis fin au dictat des apparences et de l'hypocrisie sociale, ces drames auraient pu être évités. Dans un tel contexte, une intrigue policière ne peut que s'épanouir : tous les sombres aspects de l'âme humaine sont évoqués et accentués par l'apparence idyllique de la bourgade. Camilla Läckberg introduit ici une vision très noire de la société suédoise.

PISTES DE RÉFLEXION

QUELQUES QUESTIONS POUR APPROFONDIR SA RÉFLEXION...

- Relevez les différents procédés utilisés par l'auteure afin d'introduire un certain suspense.
- Le roman regorge de clichés du roman policier. Quels sont-ils ?
- En quoi peut-on déceler un mélange des genres dans le roman ?
- En quoi ce premier roman ouvre-t-il la voie à une saga ?
- À votre avis, pourquoi Camilla Läckberg multiplie-t-elle les personnages ?
- En quoi le roman repose-t-il sur des oppositions ? Relevez-les et explicitez vos choix.
- Le roman met clairement en scène deux générations aux points de vue diamétralement opposés. Pouvez-vous établir quel personnage fait partie de quelle génération et quelles sont leurs divergences ?
- Que pensez-vous de l'image de la famille que donne Camilla Läckberg ?
- L'auteure crée l'atmosphère de son roman grâce à l'importance qu'elle donne au quotidien. Pouvez-vous en donner des exemples et expliciter leur rôle ?
- Dans *La Princesse des glaces*, Erica fait une allusion à Bridget Jones, l'héroïne d'Helen Fielding : « La première difficulté s'était présentée après la douche, lorsque, à l'instar de Bridget Jones, l'héroïne de son livre préféré, elle avait été confrontée au choix difficile de la petite culotte » (p. 203). Relevez les similitudes entre les deux

personnages.

- L'œuvre de Camilla Läckberg subit une comparaison inévitable avec la saga de Stieg Larsson. Quels sont, selon vous, les points communs entre ces deux écrivains ?

Votre avis nous intéresse !
Laissez un commentaire sur le site de votre librairie en ligne
et partagez vos coups de cœur sur les réseaux sociaux !

POUR ALLER PLUS LOIN

ÉDITION DE RÉFÉRENCE

- LÄCKBERG C., *La Princesse des glaces*, Arles, Actes Sud, coll. « Actes noirs », 2008.

ÉTUDES DE RÉFÉRENCE

- BOYER R., *Histoire des littératures scandinaves*, Paris, Fayard, 1996.
- MARICOURT T., *Voyage dans les lettres suédoises*, Nantes, L'Élan, 2007.
- SKEI H., « Le roman policier norvégien dans le contexte scandinave hier et aujourd'hui », in *Études germaniques*, n° 260, 2010/4, p. 721-737.
- WOPENKA J., « La littérature policière suédoise moderne : policiers, femmes et étude sociale », in *Études germaniques*, n° 260, 2010/4, p. 739-759.

ADAPTATIONS

- *La Princesse des glaces* ainsi que sa suite, *Le Prédicateur*, ont été adaptés en bandes dessinées et publiées chez Casterman, respectivement en 2014 et 2015.
- La série de romans de Camilla Läckberg consacrée à Erica Falck et Patrik Hedström, dont *La Princesse des glaces* est le premier volume, a inspiré une série télévisée intitulée *Les Enquêtes d'Erica*.

Retrouvez notre offre complète sur lePetitLittéraire.fr

- des fiches de lectures
- des commentaires littéraires
- des questionnaires de lecture
- des résumés

ANOUILH
- Antigone

AUSTEN
- Orgueil et Préjugés

BALZAC
- Eugénie Grandet
- Le Père Goriot
- Illusions perdues

BARJAVEL
- La Nuit des temps

BEAUMARCHAIS
- Le Mariage de Figaro

BECKETT
- En attendant Godot

BRETON
- Nadja

CAMUS
- La Peste
- Les Justes
- L'Étranger

CARRÈRE
- Limonov

CÉLINE
- Voyage au bout de la nuit

CERVANTÈS
- Don Quichotte de la Manche

CHATEAUBRIAND
- Mémoires d'outre-tombe

CHODERLOS DE LACLOS
- Les Liaisons dangereuses

CHRÉTIEN DE TROYES
- Yvain ou le Chevalier au lion

CHRISTIE
- Dix Petits Nègres

CLAUDEL
- La Petite Fille de Monsieur Linh
- Le Rapport de Brodeck

COELHO
- L'Alchimiste

CONAN DOYLE
- Le Chien des Baskerville

DAI SIJIE
- Balzac et la Petite Tailleuse chinoise

DE GAULLE
- Mémoires de guerre III. Le Salut. 1944-1946

DE VIGAN
- No et moi

DICKER
- La Vérité sur l'affaire Harry Quebert

DIDEROT
- Supplément au Voyage de Bougainville

DUMAS
- Les Trois Mousquetaires

ÉNARD
- Parlez-leur de batailles, de rois et d'éléphants

FERRARI
- Le Sermon sur la chute de Rome

FLAUBERT
- Madame Bovary

FRANK
- Journal d'Anne Frank

FRED VARGAS
- Pars vite et reviens tard

GARY
- La Vie devant soi

GAUDÉ
- La Mort du roi Tsongor
- Le Soleil des Scorta

GAUTIER
- La Morte amoureuse
- Le Capitaine Fracasse

GAVALDA
- 35 kilos d'espoir

GIDE
- Les Faux-Monnayeurs

GIONO
- Le Grand Troupeau
- Le Hussard sur le toit

GIRAUDOUX
- La guerre de Troie n'aura pas lieu

GOLDING
- Sa Majesté des Mouches

GRIMBERT
- Un secret

HEMINGWAY
- Le Vieil Homme et la Mer

HESSEL
- Indignez-vous !

HOMÈRE
- L'Odyssée

HUGO
- Le Dernier Jour d'un condamné
- Les Misérables
- Notre-Dame de Paris

HUXLEY
- Le Meilleur des mondes

IONESCO
- Rhinocéros
- La Cantatrice chauve

JARY
- Ubu roi

JENNI
- L'Art français de la guerre

JOFFO
- Un sac de billes

KAFKA
- La Métamorphose

KEROUAC
- Sur la route

KESSEL
- Le Lion

LARSSON
- Millenium I. Les hommes qui n'aimaient pas les femmes

LE CLÉZIO
- Mondo

LEVI
- Si c'est un homme

LEVY
- Et si c'était vrai...

MAALOUF
- Léon l'Africain

MALRAUX
• La Condition
  humaine

MARIVAUX
• La Double
  Inconstance
• Le Jeu de l'amour
  et du hasard

MARTINEZ
• Du domaine
  des murmures

MAUPASSANT
• Boule de suif
• Le Horla
• Une vie

MAURIAC
• Le Nœud
  de vipères

MAURIAC
• Le Sagouin

MÉRIMÉE
• Tamango
• Colomba

MERLE
• La mort est
  mon métier

MOLIÈRE
• Le Misanthrope
• L'Avare
• Le Bourgeois
  gentilhomme

MONTAIGNE
• Essais

MORPURGO
• Le Roi Arthur

MUSSET
• Lorenzaccio

MUSSO
• Que serais-je
  sans toi ?

NOTHOMB
• Stupeur et
  Tremblements

ORWELL
• La Ferme
  des animaux
• 1984

PAGNOL
• La Gloire de
  mon père

PANCOL
• Les Yeux jaunes
  des crocodiles

PASCAL
• Pensées

PENNAC
• Au bonheur
  des ogres

POE
• La Chute de la
  maison Usher

PROUST
• Du côté de
  chez Swann

QUENEAU
• Zazie dans
  le métro

QUIGNARD
• Tous les matins
  du monde

RABELAIS
• Gargantua

RACINE
• Andromaque
• Britannicus
• Phèdre

ROUSSEAU
• Confessions

ROSTAND
• Cyrano de
  Bergerac

ROWLING
• Harry Potter à
  l'école des sor-
  ciers

SAINT-EXUPÉRY
• Le Petit Prince
• Vol de nuit

SARTRE
• Huis clos
• La Nausée
• Les Mouches

SCHLINK
• Le Liseur

Analyse de l'œuvre
Germinal
Analyse de l'œuvre
L'Étranger
Analyse de l'œuvre
Le Père Goriot
de Balzac
Analyse de l'œuvre
Candide
ou l'Optimisme
de Voltaire
Analyse de l'œuvre
Oscar et la
Dame rose

www.lepetitlitteraire.fr

ISBN version numérique : 978-2-8062-1973-2
ISBN version papier : 978-2-8062-1118-7
Dépôt légal : D/2013/12603/271

Avec la collaboration de Johanna Biehler pour l'analyse des personnages de Vera Nilsson, Nelly Lorentz et Jan Lorentz ainsi que pour les chapitres « Les spécificités du roman scandinave », « Le femikrimi » et « Un roman venu du froid ».

Conception numérique : Primento,
le partenaire numérique des éditeurs.

Ce titre a été réalisé avec le soutien de la Fédération Wallonie-Bruxelles, Service général des Lettres et du Livre.

Made in the USA
Monee, IL
07 July 2026